XBLE0003

鼠牛虎兔
珍珠童話：十二生肖經典童話繪本

作者｜王家珍　繪者｜王家珠

字畝文化創意有限公司

社長兼總編輯｜馮季眉　責任編輯｜陳心方　主編｜許雅筑、鄭倖伃　編輯｜戴鈺娟、李培如

全書美術設計｜王家珠　排版｜張簡至真

出版｜字畝文化創意有限公司　發行｜遠足文化事業股份有限公司（讀書共和國出版集團）

地址｜231 新北市新店區民權路 108-2 號 9 樓　電話｜(02) 2218-1417　傳真｜(02) 8667-1065

電子信箱｜service@bookrep.com.tw 網址｜www.bookrep.com.tw

法律顧問｜華洋法律事務所　蘇文生律師　印製｜通南彩色印刷有限公司

2023 年 01 月　初版一刷　2024 年 02 月　初版二刷

定價｜400 元　書號｜XBLE0003 ISBN 978-626-7200-31-5（精裝）

EISBN｜9786267200483（PDF）　9786267200490（EPUB）

國家圖書館出版品預行編目 (CIP) 資料

鼠牛虎兔／王家珍作；王家珠繪 . -- 初版 . -- 新北市：
字畝文化創意有限公司出版：遠足文化事業股份有
限公司發行, 2023.01
　面；　公分
ISBN 978-626-7200-31-5（精裝）

863.596　　　　　　　　　　　　　　111017674

鼠牛虎兔

文／王家珍　圖／王家珠

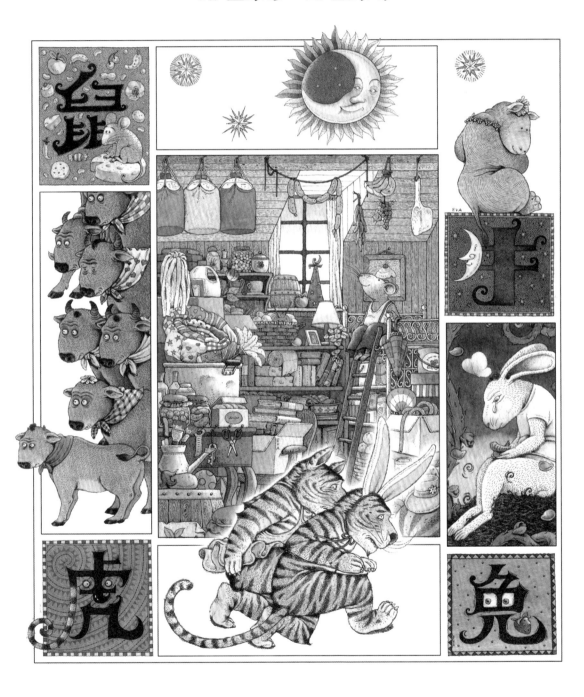

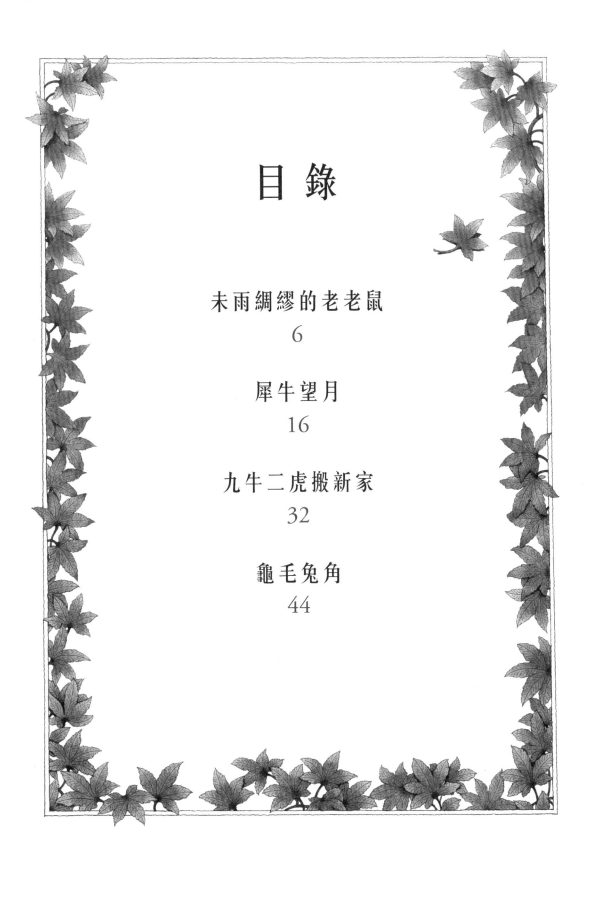

目錄

未雨綢繆的老老鼠

紅森林那棵百年大槐樹下有一戶老鼠家族。

這戶老鼠家族，大大小小加起來，總共有五百七十六隻。

如果把老鼠媽媽肚子裡沒毛的小老鼠，全部都算進來，還不止這個數目。真是個超級老鼠大家族。

這個老鼠家族的大家長，是名字叫做「未雨」的老老鼠。

傳說，在「未雨」老老鼠出生前幾天，黑壓壓的烏雲，占領了整個天空。每一天從早到晚，天色都很黑暗，老鼠家族都嚇壞了。奇怪的是，直到「未雨」老老鼠呱呱落地，放聲大哭，布滿烏雲的天空，還是連一滴雨也沒落下來。

未雨的爸爸喜愛讀書，很有學問。他東想想，他西想想，決定給兒子取名「未雨」，希望他能夠未雨綢繆，居安思危，為老鼠家族創造可歌可泣的歷史。

說也奇怪，當小嬰兒鼠取名為「未雨」的那一瞬間，

紅森林下起超級大雷雨。大雨下了大半天，雨停之後，燦爛的陽光重新照耀紅森林。老鼠家族說這是吉利好兆頭。

老鼠爸爸媽媽都認定，他們的兒子一定是最特別、長大以後會創造豐功偉業的偉大老鼠。

未雨小嬰兒鼠漸漸長大，長成未雨小老鼠。他果真很特別，脾氣特別古怪，不管是大事小事，還是好事壞事，他都要杞人憂天，未雨綢繆，擔心個老半天。

未雨小老鼠，膽小如鼠。每天不是害怕這個，就是恐懼那個，把簡單的事情，想得很複雜，把容易解決的問題，弄得很麻煩，把他的爸爸媽媽氣得火冒三丈。

春節前幾天，老鼠媽媽在蒸年糕。

未雨小老鼠，看見小小的火爐上，放著大大的鐵鍋，鐵鍋上還放著大大的蒸籠。他拉來長長的水管，拿來小板凳，坐在小火爐旁邊，一邊吃著鳳梨酥，一邊緊盯著小火爐。

媽媽嫌未雨小老鼠礙手礙腳，說：「你在這裡做什麼？一不小心被鍋子燙著了就糟糕，走開走開。」

未雨小老鼠眉頭打結，說：「不，我不能走，我一走，大鐵鍋就會壓垮小火爐，冒出小火苗，燒了大年糕。」

結果，媽媽很生氣，她處罰未雨小老鼠只能吃很小一塊年糕，因為大過年的，他竟然說了不吉利的話。

未雨小老鼠很委屈，他覺得小火爐真的很有可能被蒸籠和鐵鍋壓垮，火苗鐵定會四處亂竄，說不定把家都給燒了。

端午節大清早，老鼠爸爸叫未雨小老鼠快快起床，跟他一起去溪邊參加龍舟競賽。

每天都睡到太陽曬屁股的未雨小老鼠還想睡覺，一點都不想出門。他一邊打呵欠，一邊嘀嘀咕咕的說：「大清早的划什麼龍舟啊？如果爸爸的龍舟翻了，就糟了一個糕；如果爸爸掉進水裡，就糟了兩個糕；如果一隻胖老鼠，丟一根繩子來救爸爸，卻被爸爸拉下水，就糟了三個糕；如果那隻胖老鼠，不會游泳，差點兒淹死，他的太太拿棍子來打爸爸，那就糟了四個糕。」

老鼠爸爸聽了，氣得火冒三丈高，說：「結果，你這個偉大的預言家，你就糟糕、倒楣、糗大、遜斃了；結果，你就被處罰不准吃粽子；結果，你就被處罰三天三夜不准出門；結果，你就被處罰待在房間反省；結果，你就會後悔對爸爸說了不吉利的難聽話。」

關在房間裡反省的未雨小老鼠很委屈，他眉頭打結，坐在窗臺發呆。龍舟絕對有可能會沉下去，爸爸又沒學過游泳，幹麼去划什麼龍舟啊？

未雨小老鼠，一天天長大，變成未雨大老鼠，這種未雨綢繆的習慣，還是沒改過來。不過他懂事多了，不吉利的想法再也不說出口，他把心事變成小祕密，藏在心底深處，默默發酵。

未雨大老鼠，一天天變老，變成未雨老老鼠。這種壞習慣變本加屬了。他擔心，如果有一天，沒有水可以喝；沒有食物可以吃；沒有東西可以用……。

啊！好恐怖！他愈想愈慌張，愈想愈害怕，發揮「未雨綢繆」的精神，訂定很多偉大的計畫。

終於，未雨老老鼠當上老鼠家族的大家長，他放心大膽的採取「未雨綢繆」大行動，把他的房間當作儲藏室，把好多東西往房間裡搬。

讓我們打開他的房門，往前看！有圍巾、人參、竹筍、奶粉、水盆、培根、黃金，還有可可粉和花生麵筋。

往左瞧瞧！有棉被、咖啡、酸梅、當歸、鐵鎚、火腿，還有醬油仙貝和檸檬汽水。

往右望望！有糖果、蘿蔔、乳酪、堅果、蒟蒻，還有鐵鍋和號碼鎖。

床底下，塞滿泡麵、鐵蛋、窗簾、麥片、鐵鉗，還有餅乾和蒜蓉豆干。

門後釘滿掛鉤，掛著香蕉、葡萄、辣椒、藥膏，還有水瓢和瑞士刀。

屋頂上，釘滿了掛鉤，吊著一罐又一罐，救命的清水。

一一天深夜，紅森林發生一場地震，三級地震搖晃了一分鐘。所有在床上睡覺和不在床上睡覺的動物，都被左搖右晃，右搖左晃，晃了個頭暈又腦脹。

大槐樹下的老鼠家族，從夢中驚醒，嚇得四處亂竄。

未雨老老鼠最怕地震，他未雨綢繆、居安思危，練習過很多次。迅速滾進桌子底下的小空隙，兩手抱頭，嘴巴微微張開，標準的避震姿勢。

未雨老老鼠躲在桌子底下，心情愉快的想著：幸虧我的思慮周密；幸虧我懂得未雨綢繆的大道理；幸虧我預留這個小空間，今天地震來襲，才能安全逃過一劫。

紅森林又發生一次大地震，未雨老老鼠房間的東西，全都震落地面，堆得亂七八糟，把他堵在桌子下，未雨老老鼠既不能前進，也不能後退，頭也被好多雜物緊緊卡住，一動也不能動。

未雨老老鼠叫自己不要害怕，伸長他的尖鼻子，用力呼吸。他相信只要還能呼吸，只要能啃出一條通路，就能活著爬出去，被堵住總比被壓死好。

紅森林又發生一起小地震，屋頂掛著的水罐，鐘擺似的搖了起來，搖呀搖，擺呀擺。水罐裡的水往下滴，一滴兩滴三滴，好幾滴水，剛剛好滴進未雨老老鼠的小鼻孔。

未雨老老鼠的鼻子進水，嗆得他不能呼吸，也沒辦法把水嗆出來。水不斷的滴進他的鼻子，他掙扎了好一會兒，就不行了。

等到他的鼠子鼠孫，費了九牛二虎之力，把房門給拆了，把雜物清乾淨，最後再把他從桌子底下拉出來，已經過了好多天。

未雨老老鼠已經變成一塊扁扁的老鼠乾。

這恰好是他當初忘了收藏的東西。

犀牛望月

　　紅森林西南角的悠悠草原上，住著三十六隻稀有而珍貴的白犀牛。白犀牛雖然身材笨重，但是衝力十足，沒有動物敢惹他們。就連紅森林的大王，蠻橫不講理的母老虎阿珍，也跟他們保持距離，以策安全。

　　白犀牛群年紀最大、資格最老、見識最廣的是——犀牛老菊，白犀牛都尊稱她「菊大姊」。

　　白犀牛每天睡飽了，就在紅森林跑步散心，肚子餓了就吃草，吃飽了就聚會分享生活中大小事情，日子過得舒適又愉快。

　　俗語說的好：「好花不會常常開，好景不會常常在。」最近幾個月，白犀牛群發生一件大怪事。

五月一日，犀牛卡卡的背，莫名其妙癢了起來。白天不癢，晚上特別癢。

　　每天傍晚，白犀牛群聚會的時候，犀牛卡卡根本坐不住，非得靠在樹幹上撓癢癢不可。

　　犀牛老菊不耐煩的嘮叨他：「卡卡，不要把你的背，在樹幹上磨來磨去，好嗎？」

　　犀牛卡卡好委屈，說：「菊大姊，我的背好癢，癢得受不了。」

　　犀牛老菊說：「你不怕樹皮把你那完美無瑕的背給磨髒嗎？是你美美的背比較重要呢？還是止癢重要呢？」

　　犀牛卡卡的背上癢得受不了，他沒有回答，慢慢轉到樹幹的背面，繼續在樹幹上撓癢癢。

五月三十一日傍晚， 大夥兒正在聚會， 犀牛卡卡還是在樹幹上撓癢癢。 突然， 犀牛卡卡尖叫起來：「好消息！ 不癢了， 我的背不癢了！」

犀牛老菊說：「過來讓我看一看。 背上不癢了是好事， 可別把你那雪白的背給弄髒才好。」

犀牛卡卡喜孜孜的從樹幹後跑出來， 大家都清楚的看見他的背， 他們張大嘴巴， 露出驚恐的表情。

犀牛老菊說：「你的背上， 長了一大片好噁心的黑斑。」

犀牛卡卡回過頭， 想看自己的背。 可是他的脖子短， 原地轉了好幾圈還是看不見自己的背。 他氣急敗壞的問：「真的嗎？ 我的背上真的長了一大片黑斑嗎？」

大家都對他點頭， 犀牛老菊更是瞪大了眼睛看著他。 犀牛卡卡痛哭流涕， 跌進悲傷痛苦的黑暗幽谷。

從那天開始， 犀牛卡卡再也不參加傍晚的聚會， 自己一個躲在家裡哭泣， 他埋怨老天爺， 為什麼這樣殘忍的對待他， 他埋怨命運， 為什麼對他這麼壞。

六月一日，犀牛莓莓的兩條大腿外側，也莫名其妙癢了起來。晚上不癢，白天特別癢。

犀牛卡卡聽到這個不幸的消息，擦乾眼淚，跳出悲傷痛苦的黑暗幽谷，衝到聚會現場，對犀牛莓莓大叫：「哈哈！等到月底那一天，你就會和我一樣，兩條大腿各長出一大片黑斑嘍！」

犀牛老菊臉色大變，責備他說：「你少在那兒幸災樂禍，趕快幫她抓癢，千萬不能讓她在樹幹上撓癢癢。你背上的大黑斑，很有可能是被樹幹磨出來的。」

犀牛卡卡不甘不願的幫犀牛莓莓抓癢，犀牛莓莓不但不感激，還忿恨的對他說：「一定是你傳染給我的，我討厭你！」

犀牛卡卡不回答，默默感謝老天爺：「不管我背上的黑斑有多難看，如果有莓莓陪著我一起長黑斑，總比只有我自己一個長黑斑，要好得多了。」

六月三十日傍晚，犀牛莓莓的兩條大腿外側，果然各長出了一大片黑斑。她抱住犀牛卡卡，哭得好傷心。犀牛卡卡也瘋狂流淚，不過他流的是喜悅的淚水。

接下來會是誰倒楣呢？

除了犀牛卡卡和犀牛莓莓，每隻白犀牛都好擔心、好害怕，自己會是下一個倒楣鬼。

七月一日，大夥兒聚會的時候都沒有說話，他們沉默等待厄運降臨。

犀牛大媽突然放聲大哭。

犀牛老菊問：「大媽，是你嗎？是你癢嗎？你哪裡癢？」

犀牛大媽哭著說：「沒錯！就是我。我的屁股好癢好癢，癢得受不了。」

犀牛老菊說：「哪邊屁股癢？是左邊屁股癢還是右邊屁股癢？」

犀牛大媽說：「不是左邊，也不是右邊，我的兩邊屁股都癢。我好癢，好癢，我好癢……咦？奇怪，不癢了，我不癢了！」

犀牛大媽的屁股癢，和卡卡的背癢不一樣，和莓莓的大腿癢也不一樣，只在每天傍晚癢五分鐘。她存有一絲絲僥倖的希望：我每天屁股癢的時間不長，很可能在月底，只長出一粒小黑痣也不一定。畢竟，我不是卡卡，

也不是莓莓，我是犀牛大媽。我沒做什麼虧心事，我的大胖屁股，要是只長出一粒小黑痣，應該不會那麼明顯。

七月三十一日傍晚，犀牛大媽平靜等待小黑痣的來臨。沒想到她的屁股上，還是長了兩大片黑斑。這兩片黑斑不但比卡卡和莓莓的黑斑還要黑，還黑得發亮呢！

犀牛大媽看著卡卡和莓莓，想到之前認定他們兩個一定是做了虧心事，才會背癢和大腿癢，才會長出大黑斑。她後悔自己怎麼會有這種要不得的想法？怎麼會這麼丟臉？原來，自己根本就是「一百步笑五十步」嘛！

犀牛大媽覺得好丟臉，沒有面子繼續待在紅森林，她腳底抹油，逃出紅森林，不曉得開溜到哪兒去了。

八月一日，恐怖的日子又來臨了。

傍晚開會的時候，大家等了又等，都沒有白犀牛的尖叫聲傳出來，並沒有誰的哪裡癢，「黑斑的詛咒」已經被破解了。白犀牛把「功勞」歸給犀牛大媽，一定是她逃走的時候，順便把「黑斑的詛咒」也帶走了。

散會之後，犀牛老菊快步跑回家，一頭栽在床上，放聲大哭。

竟然是她，竟然是犀牛老菊，她的鼻頭癢得受不了。

　　那天的太陽剛剛落下，　白犀牛的傍晚聚會剛剛開始，　一種難以忍受的癢，　就開始猛攻她的鼻頭，　但是德高望重的她，　怎麼可以當眾招認她的鼻子癢呢？

　　從八月二日開始，　犀牛老菊跟大夥兒請假一個月，　說她身體疲倦，　心情不好，　不能去開會，　要在家好好休養。

　　大家都相信犀牛老菊的話，　叫她安心在家休養，　犀牛姥姥自願代替她，　主持每天傍晚的聚會。　「發癢事件」短短三個月就結束，　大家都安心許多。

犀牛老菊躲在家裡，吃遍了各種治療過敏、以及治療皮膚癢的藥。她還把鼻頭浸泡在各種止癢的藥水中（包括治療香港腳的），但是都沒有效。

犀牛老菊跌進憂傷的黑暗谷底。她無法想像，如果她的鼻頭上長了一大片黑斑，要怎麼出門見犀牛啊？

絕望的犀牛老菊，幾度想公開自己鼻子癢的祕密，但是，話到嘴邊，都被她的虛榮心擋駕了——我是大家信任崇拜的犀牛老菊，可不能讓大家看我的笑話。

八月七日晚上，　犀牛老菊正忙著試用新的止癢藥水和貼布。　涼爽的晚風從窗子吹進來，　她抬起頭，　透過稀稀疏疏的樹葉，看見一彎漂亮的明月。

　　犀牛老菊從來沒見過這麼大的一彎月亮，　不由自主對月亮說：「親愛的月亮，　請你幫幫忙，別讓我的鼻頭長黑斑。如果你答應我的要求，我一定每天仰望你、　朝拜你、　歌頌你、　大聲讚美你，　啊！　美麗又神奇的月亮，　我求求你。」

　　月亮沒有回答，　犀牛老菊好失望。

　　日子一天天過去。

　　八月三十一日晚上，犀牛老菊的鼻頭好癢，癢得受不了了，　好像幾千隻螞蟻在咬她的鼻頭，害她打了幾十個噴嚏，之後，　就昏倒了。

九月一日清晨，犀牛老菊醒來，馬上跑去照鏡子。哎喲！不得了了，一彎月亮正牢牢的嵌在她的鼻頭。

亮晃晃的，藏不住的一彎新月。

當犀牛老菊再度昏倒時，恍惚有個聲音說：「我聽到你的祈禱，也接受你的要求。現在，黑斑長在嫦娥的鼻子上。她雖然美麗冷豔，但是性情孤僻，討厭死了。給她一個小小的懲罰，看她會不會改過向善。因為你承諾我，只要我弄走你鼻頭上的黑斑，你就要每天仰望我、朝拜我、歌誦我和讚美我。所以，我就來到你的鼻頭上，讓你從早到晚，一睜開眼睛就能看見我。哈哈哈！哈哈哈哈！」

德高望重的犀牛老菊，根本不敢讓大家知道她發生什麼怪事，就效法犀牛大媽，腳底抹油，逃出紅森林，不曉得開溜到哪兒去了。

犀牛老菊莫名其妙失蹤之後，白犀牛群推舉犀牛姥姥擔任犀牛老大。

從此以後，白犀牛群的「發癢事件」和「黑斑的詛咒」都不再發生。除了卡卡和莓莓，大家都過著幸福快樂的日子。

九牛二虎搬新家

聽說，紫森林發生一連串怪事，鄰近森林的動物們，紛紛跑到紫森林，想要一探究竟。

住在紅森林東南角「稀奇草原」的九頭牛和兩隻老虎，也聽說紫森林的怪事。他們對這一連串怪事的原因、情況和結果，充滿了高度的興趣。

他們打聽的結果是這樣的：最近一個月內，有一塊紫色的大雲，飄到紫森林正上方，每天中午，都會降下一場紫色大雨。經過紫色大雨的洗禮，行動緩慢的百歲老烏龜，變成賽跑能手；凶惡的獅子居然會爬樹；水牛也變成肉食動物啦！這是多麼奇妙的事啊！

九頭牛和兩隻老虎，決定到紫森林，親眼見證這些怪怪的事。

九頭牛和兩隻老虎連夜趕路，往北方走，來到紫森林邊緣。紫森林外，聚集了好多動物，有些穿過紫森林大門，走進紫森林。也有一些動物，興高采烈的來，卻垂頭喪氣的離開。

九頭牛和兩隻老虎，覺得很奇怪，攔下一隻正要離開的小土狼。

九頭牛問：「你從哪兒來的？」

小土狼說：「我從黃森林來的。」

九頭牛問：「你大老遠的來，為什麼不進去？為什麼要離開？難道你不知道紫森林有奇妙的事發生嗎？你不好奇嗎？」

33

小土狼說：「當然知道啦！我就是希望淋了紫色大雨之後，變成大猛獸，才千里迢迢的跑來。可惜，要進紫森林，就要遵守他們的不合理規定，傻瓜才要去。」

兩隻老虎大聲追問：「什麼不合理規定，什麼傻瓜，說清楚，講明白。」

可憐的小土狼，被兩隻凶惡的大老虎一嚇，兩眼一黑，昏倒在地。

兩隻老虎提起小土狼，抖一抖，小土狼動也不動。他們把小土狼裝進麻袋，揹在身上，準備當作明天的早餐。

九頭牛和兩隻老虎，決定直接詢問紫森林的大象警衛。

兩隻老虎問：「喂！大象仔呀，進你們紫森林，難道還要扮成傻瓜，遵守什麼不合理的愚蠢規定嗎？」

大象警衛說：「我們沒有不合理的規定，只有小小的約定。」

九頭牛問：「什麼小約定？」

大象警衛說：「如果你們想進入紫森林，就要簽合約，保證一輩子都不會離開紫森林。」

九頭牛問：「以前進紫森林，也要簽永遠不離開的合約嗎？」

大象警衛說：「當然不用！」

九頭牛問：「為什麼以前進紫森林，不必簽約。現在進紫森林，就要簽約？」

兩隻老虎也問：「對呀！為什麼現在進紫森林要簽約？」

大象警衛說：「因為天空那塊紫色的大雲呀！紫森林有了它，就大大不同了。你們進紫森林，沐浴紫色大雨的洗禮，變成更有特色、更強壯的動物，就該留下來，為紫森林效力，對不對？俗話說得好，飲水要思源頭，吃果子要拜樹頭嘛！」

九頭牛和兩隻老虎，足足考慮三秒鐘，才答應簽約進入紫森林，一輩子住在紫森林，過著幸福快樂的日子。

這天晚上，九頭牛和兩隻老虎，興奮得無法成眠。他們都期待著，第二天中午，當紫色大雨從天降下，淋在他們身上，奇妙的事也會發生在他們身上。

兩隻老虎想著：只要我會爬樹，所有在樹上的小動物，都會成為我的嘴邊肉。

九頭牛也想著：只要能變成肉食動物，一定要大開殺戒，嘗嘗肉的滋味。以後，那些小動物看見我們，也會嚇得昏倒，那時候倒要瞧瞧，是我們厲害還是老虎行。

其實，老虎和獅子本來就會爬樹，牛的牙齒也不適合吃肉，他們沒有想清楚，就糊里糊塗簽下合約。

第二天清晨，九頭牛先醒來，肚子餓得嘰哩咕嚕怪叫。他們東張西望，看見不遠的前方有一大片青翠可口的草。

九頭牛跑過去，張大嘴巴，咬住一大把青草，使勁拉扯。奇怪，這些青翠的草，看起來嫩嫩的，卻非常堅韌，堅決站在地上，一點兒也不肯動搖。

九頭牛不肯放棄，轉到另一片草地去吃早餐，可是，這片草地和剛剛那片一樣，看起來青翠可口，咬在嘴裡，卻是不折不扣的塑膠草。

一隻白犀牛跑過他們身邊，九頭牛看見她的屁股上有兩大片黑斑，就叫住她說：「喂！你不是咱們悠悠草原上的犀牛大媽？怎麼會跑到紫森林來呢？」

犀牛大媽跑過來，說：「我是犀牛大媽。我千里迢迢跑來紫森林，還簽下怪怪的合約，就是想讓紫色大雨洗掉我屁股上這兩塊大黑斑，哎呀！沒想到我受騙又上當。」

九頭牛問：「你受騙又上當？到底發生什麼事啦？」

犀牛大媽回答：「自從下了紫色大雨，紫森林什麼都沒變，就是草變了。」

九頭牛問：「紫森林的草，原來不是這個樣子嗎？」

犀牛大媽說：「沒錯！聽說，紫森林的青草，曾經很鮮嫩，曾經很可口。自從下了紫色大雨，全都變成這樣，能看不能吃。」

九頭牛問：「犀牛大媽，如果這些草都是能看不能吃，為什麼你沒有變瘦，模樣也還是神采奕奕呢？你都吃些什麼東西呀？」

犀牛大媽說：「我沒有變瘦，黑斑也還在我的屁股上頭。沒有草吃，就吃小動物！小白兔，小老鼠，都可以填飽肚子。」

九头牛这才明白事情的前因后果，　原来是紫色大雨把草变成塑胶草，　草食动物没有草可以吃，　在不得已的情况下，　才会变成肉食动物。

　　九头牛肚子饿得叽哩咕噜叫，　他们决定试吃小动物，　但是，　怎么捉那些活蹦乱跳的小动物呢？

　　九头牛脑筋转得快，　想到昨天两只老虎捉到的那只小土狼。　如果大家通力合作，　把小土狼抢过来，　就可以捡现成的吃啦！九头牛兴高采烈往回跑。　犀牛大妈听说有现成的小土狼吃，　也跟著九头牛一起跑。

　　兩隻老虎打開麻袋，　正要拿小土狼當早餐，　突然看見九頭牛對著他們衝過來。　後面還跟著一隻白犀牛。

　　兩隻老虎雖然很兇猛，　還是不敢跟九頭牛和犀牛正面衝撞。　他們丟下小土狼就往後逃，　身後剛好有一棵大樹，　兩隻老虎拼盡全力，　往樹上爬。

　　小土狼從麻袋探出頭，　看見九頭牛朝著自己衝過來，　嚇得掉頭就逃。

　　小土狼逃到樹下，　抓住一隻老虎的長尾巴，　想搭個便車，　爬上大樹。　九頭牛和犀牛大媽，　哪裡肯讓到手的食物溜掉，　衝到樹下，　咬住小土狼的後腿和尾巴。

　　小土狼尾巴好痛，　心好慌，　往上奮力抓扒，　勾住另一隻老虎的耳朵。

　　九頭牛、　犀牛大媽、　小土狼還有兩隻老虎，　四種動物在樹下，　展開一場艱苦的拉鋸戰。

兩隻老虎拼盡全力，總算爬上樹去。

但是一隻老虎斷了尾巴，另一隻老虎少了一隻耳朵。

小土狼力氣用盡，右手抓著老虎尾巴、左手抓著老虎耳朵，被吃掉了。

九頭牛和犀牛大媽，勉強自己吃了小土狼難吃的肉，躺在樹下乘涼。抬頭看著樹上兩隻老虎，心血來潮，靈感大出招，想出一首膾炙人口的兒歌──

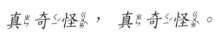

兩隻老虎，兩隻老虎
跑得快，跑得快，
一隻沒有耳朵，
一隻沒有尾巴，
真奇怪，真奇怪。

龜毛兔角

　　紅森林的玫瑰潭，住著一群烏龜。

　　有一天，一堆烏龜蛋孵出一群小烏龜，大夥兒興高采烈的前去探望。沒想到其中一隻小烏龜才掙脫蛋殼，就把大夥兒嚇得頭腳都縮進烏龜殼。

　　這隻小烏龜的背上長滿了茂密的黑毛，渾身上下沒根毛的烏龜一族，嚇得目瞪口呆。等他們回過神來，立刻投票決定，把這隻奇怪的小烏龜驅逐出境，趕到鳥不唱歌、雞不生蛋的荊棘地。

　　同一時間，紅森林的草莓山，一隻母兔也生下一窩小兔子。其中一隻小兔子，跟大家長得不一樣，他的頭頂長出尖尖的犄角，活像恐怖的小惡魔。

兔子媽媽一眼看見他，立刻把他藏進草叢，不讓他被發現。

但是藏得了一天，卻藏不了兩天。兔子一族知道這件事，立刻舉耳朵表決，把這隻奇怪的小兔子趕到雞不生蛋、鳥不唱歌的荊棘地。

背上長滿「惡魔黑毛」的烏龜黑楣和頭上長著「惡魔犄角」的兔子乖乖，就在荊棘地相遇、成長，並且成為同生死、共患難的好朋友。

俗語說得好：「同是天涯淪落人，相逢何必曾相識。」這兩隻可憐的小動物「一見鍾情，再見友情」，決定義結金蘭。烏龜黑楣先出生，兔子乖乖後出生，就讓烏龜黑楣當大哥，兔子乖乖當小弟，發誓一輩子照顧對方，永遠不得背棄對方。

如果你就在現場，親眼看見他們義結金蘭的動人場面，一定會非常感動，流下滾燙的熱淚。

兔子乖乖對烏龜黑楣說：「雖然我們不是同年同月同日生，但願我們可以同年同月同日死。」

烏龜黑楣對兔子乖乖說：「對！一定要同年同月同日，同時同分同秒死，我倆一輩子在一起，永不分開。」

時間慢慢的流走了，小兔子長成大兔子，小烏龜長成大烏龜。

儘管他們在荊棘地過著相親相愛，相依為命的日子，但是，烏龜偶爾也會想念「正常」的生活。

有一天，烏龜趁著兔子乖乖肚子不舒服，在窩裡靜養的時候，偷偷潛回烏龜一族居住的玫瑰潭。他打聽到一件事，烏龜是會長命百歲的動物，天哪！

那天晚上吃晚餐時，烏龜試探兔子：「你們兔子大概可以活多久？」

兔子啃著紅蘿蔔，一點兒都不在意：「這個問題嘛！我沒想過耶！不過，我的本能告訴我，兔子頂多頂多，活不長吧！我不在乎我能活幾年，我是隻不正常的兔子，誰會在乎我活幾年？別想那麼多了，咱們兄弟倆，生在一起相依為命，死後一起做伴，不是很棒的事嗎？別想那些無聊事，來，吃晚餐要緊。」

47

烏龜黑楣瞪大了眼睛，看著兔子乖乖，心想：我至少能活上一百歲，而你是個隨時都可能死翹翹的兔子。哪天你死了，倒楣的我就得和你一塊兒死，多划不來呀！不行不行，我得想個好辦法，擺脫你這隻短命的兔子。

　　烏龜黑楣吃過晚飯，偷偷溜到外面去想辦法。他可憐的小腦袋，左想右想，東想西想，想得頭暈腦脹又疲倦，還是想不出好方法。

烏龜黑楣心煩氣躁的在原地踏步，一邊想，一邊拔自己背上的黑毛。一根黑毛，兩根黑毛，三根黑毛……，一百零八根黑毛，有了！一個絕妙的點子鑽進他的小腦袋中，烏龜黑楣覺得他得救了。

烏龜黑楣回到家，對兔子乖乖說：「好兄弟，快把我背上的毛拔乾淨，快！」

兔子乖乖完全信任他的烏龜兄弟，連理由都不問，立刻動手拔毛。不到三小時，烏龜黑楣背上的黑毛就被拔乾淨了。

接著，烏龜黑楣拿出鋸子，對準兔子乖乖頭上的犄角，使勁鋸下去。兔子乖乖痛得哇哇叫：「慢著慢著，你為什麼要鋸我的角，好痛！」

烏龜黑楣舉著鋸子，說：「乖乖老弟，你拔我的黑毛，我也會痛。但是，我都忍下來了，你也忍一忍吧！我不會害你的。」

兔子乖乖眼睛含著兩泡淚水，點點頭，不再掙扎，讓烏龜黑楣把自己頭上的犄角鋸得一乾二淨。

烏龜黑楣說：「好了，所有的問題都解決了。我回玫瑰潭去做我的正常烏龜，你回草莓山去做你的正常兔子。咱們以後誰也不認識誰，忘了那些同年同月同日死的傻話，再見囉！」

兔子乖乖一聽，楞住了，隔了好一會兒才明白烏龜黑楣的意思。

兔子乖乖追著烏龜黑楣說：「我們不是義結金蘭的好兄弟嗎？不是說好了要照顧對方一輩子嗎？怎麼可以分開呢？而且，你背上的黑毛，和我頭上的犄角，隨時會再長出來。我們一生下來就被家族唾棄，永遠不可能回到原來的同伴身邊，永遠不可能過著正常的日子，你難道不明白嗎？」

烏龜黑楣說：「你開什麼玩笑？什麼烏龜毛、野兔角，我的背上哪裡有什麼黑毛？你的頭上哪裡有什麼犄角？別說夢話了。再會吧！短命的兔子，本烏龜大爺可以活上幾百歲，不可能和你永遠在一起，更不可能和你同年同月同日死！」

烏龜黑楣高高興興的離開荊棘地，留下心碎的、傷心哭泣的兔子乖乖。

烏龜黑楣這麼絕情的對付兔子乖乖，實在是太過分了。幸好老天爺的眼睛是雪亮的，給這件事情安排大快人心的結局。

兔子乖乖頭上那對犄角，再也沒有長出來。他回到草莓山，娶了美嬌娘，生下一大堆可愛的小兔子，生活幸福又快樂。

烏龜黑楣這個超級大詐包，聰明反被聰明誤，背上的黑毛，本來只有三寸長，被兔子乖乖拔光之後，反而長出五寸長的黑毛。不管誰看到他，都會大驚失色，大聲尖叫：「怪胎！趕快滾開。」

烏龜黑楣只好又回到荊棘地，獨自過著悲傷寂寞，無聊難受的苦日子。

烏龜黑楣試過千百種方法來除掉背上的毛，不但全部宣告失敗，反而長出愈來愈長、愈來愈粗的黑毛。

最後，烏龜黑楣就在寂寞孤獨中，長命百歲。

—— 作者簡介 ——

王家珍

一九六二年出生於澎湖馬公，曾經當過編輯與老師，一直是童話作家。和妹妹家珠一個寫、一個畫，創作「珍珠童話」，合作默契佳，獲得不少肯定。

作品充滿高度想像力，文字細膩深刻，情節幽默風趣不落俗套，蘊含真誠善良的中心思想，大人、小孩都適讀。

★《孩子王·老虎》，王家珠繪製，榮獲開卷年度最佳童書、宋慶齡兒童文學獎。

★《鼠牛虎兔》，王家珠繪製，榮獲聯合報讀書人版年度最佳童書獎與金鼎獎最佳圖畫書獎。

★《龍蛇馬羊》，王家珠繪製，榮獲好書大家讀年度最佳少年兒童讀物獎。

★《虎姑婆》，王家珠繪製，入選波隆那國際兒童書插畫展、香港第一屆中華區插畫獎最佳出版插畫冠軍、金蝶獎繪本類整體美術與裝幀設計金獎。

★《說學逗唱，認識二十四節氣》等作品多次入選好書大家讀最佳少年兒童讀物獎和行政院文建會好書推薦。

—— 繪者簡介 ——
王家珠

一九六四年出生於澎湖馬公，是臺灣童書插畫家代表性人物。從一九九一年開始，王家珠的插畫在國際間大放異采，成為國際級的插畫家。

王家珠的作品以「細膩豐富」見長，手法穩健細膩，構圖布局新穎，取景角度變化無窮，畫面豐富具巧思。作畫態度一絲不苟，作品展現驚人的想像力，洋溢自然的童趣，帶領讀者飛往想像的世界，流連忘返。

★《懶人變猴子》榮獲第一屆亞洲兒童書插畫雙年展首獎。

★《七兄弟》入選義大利波隆那國際兒童書插畫展。

★《巨人和春天》入選捷克布拉迪斯國際插畫雙年展、西班牙加泰隆尼亞國際插畫雙年展、新聞局金鼎獎優良圖書推薦。

★《新天堂樂園》入選義大利波隆那國際兒童書插畫展。

★《星星王子》入選義大利波隆那國際兒童書插畫展、金鼎獎兒童及少年讀物類推薦。